LES

PETITS MYSTÈRES

DU

JARDIN MABILLE.

IMP. DE MADAME DE LACOMBE,
rue d'Enghien, 12

LES

PETITS MYSTÈRES

DU

JARDIN MABILLE

dévoilés

Par MM. MAX REVEL et J. NUMA.

PARIS,

AU BUREAU DE L'ÉCHO DES THÉATRES,

10, RUE D'ENGHIEN.

1844.

Les Auteurs conçoivent le plan de leur ouvrage.

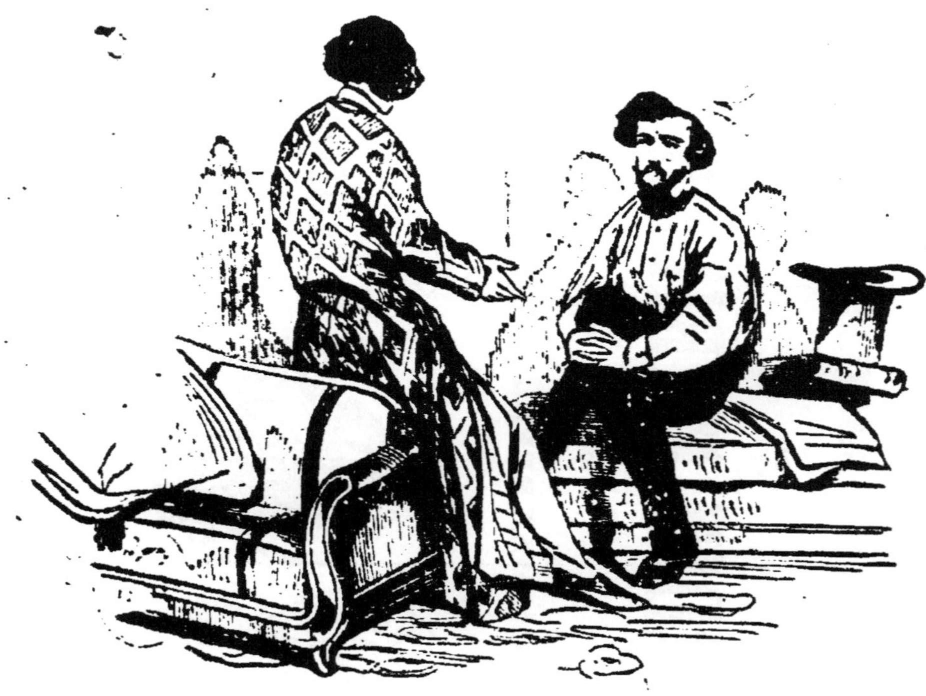

M. Max de Revel, l'un des Auteurs, profite d'un premier moment d'inspiration.

Les projets de bal.

Méditation sur un pas de Polka.

Un Monsieur très connu.

Souvenirs du Bal.

AVANT-PROPOS.

ncore et toujours des Mystères!.. dira le public... Oui, certes, répondrons-nous; mais ceux-ci n'ont rien d'effrayant. — Les *Mystères de Paris* vous ont fait pleurer; M. Eugène Sue est un homme très sentimental, et, à ce titre, il a créé sa *Fleur de Marie*, dont le sort a intéressé toutes les femmes sensibles; et surtout la plus belle moitié du quartier Bréda.

Sont venus ensuite les *Petits Mystères de l'Opéra*, de notre spirituel ami Albéric-Second. Que de peines! de soucis! de tracasseries a suscités cette élucubration!... Le peuple féminin de l'Opéra s'est soulevé, et l'histoire de ces mystères serait tout un mystère que nous vous raconterons peut-être un jour.

Les *Mystères de Paris*, par Vidocq.— Motus sur ce monsieur.

Plus tard apparurent les *Mystères de Londres*... Il me semble que jamais mystère ne choisit de séjour plus propice... Albion s'entend à en faire et à en inventer quand il n'en existe pas. Ce qui fait que M. Francis Trolopp, un bon Anglais de la façon du *Courrier français*, en fera long-temps encore, et je vous conseille de ne pas vous en plaindre.

Les théâtres ont dévoilé à leur tour la série de leurs mystères; personne n'a oublié dans cette circonstance la spirituelle folie du théâtre des Variétés.

Chacun a ses petits mystères, pourquoi donc un jardin charmant, délicieux et coquet, n'aurait-il pas les siens?...

Eh, mon Dieu, il y aura toujours des mystères, quand, sous le cabinet de verdure, il se trouvera un banc libre, et que deux jeunes cœurs pourront s'y faire des confidences... Il y aura toujours des confidences, quand la valse entraînante vous aura permis de serrer une taille souple et élégante, et qu'une tresse blonde ou brune viendra effleurer en tournoyant votre brûlant visage.

Et maintenant que nous avons essayé de vous préparer à nos découvertes amoureuses, nous allons vous donner l'historique, ou à peu près, de l'*Eldorado* de l'allée des Veuves.

LES

PETITS MYSTÈRES

DU

JARDIN MABILLE.

l y a déjà bien des années que les paisibles habitans du quartier Saint-Honoré s'endormaient tous les dimanches, lundis et jeudis au bruit des quadrilles exécutés par quatre ou cinq musiciens qui s'en donnaient à cœur joie dans une des longues salles de l'hôtel d'Aligre, situé dans la rue du même nom.

Quel était donc le locataire qui, dans ce sombre et gothique réduit, avait trouvé le moyen de faire rire et danser? Quel était donc celui qui ressuscitait ainsi ce vieux corps mort?

Quelle était la volonté assez puissante pour attirer, à jour et à heure fixe, cette myriade de danseurs et de jeunes filles qui venaient s'agglomérer dans un espace aussi rétréci, au milieu d'une chambre enfumée dont les murs étaient tapissés de draperies d'un jaune plus que hasardé?

Cet homme que tout le monde connaissait, que tout le monde nommait tout haut, ce locataire, dont la vaste intelligence dominait en ces lieux;

Ce locataire était M. Mabille!!!

M. Mabille, homme de mœurs douces et populaires, M. Mabille, chez lequel la meilleure intelligence devait régner, puisque chacun riait et que tout le monde s'y donnait la main. . pour danser la contredanse, bien entendu.

Mais tout s'enfuit ici-bas .. tout passe... les grandeurs..., la jeunesse..., la beauté... tout passe, deux choses exceptées peut-être et qui existent toujours chez les Français, — l'inconstance et la gaîté!

Un beau jour, ou un beau soir, pour parler plus véridiquement, le chef des menus plaisirs des habitans de la rue d'Aligre se frappa le front à la manière de M. Victor Hugo. — Parbleu, s'écria-t-il, au lieu de laisser étouffer mes danseurs et moi-même... si je leur donnais et me donnais de l'air ; si je remplaçais ces lieux sombres, cette rue déserte, par un lieu infiniment champêtre, parsemé de fleurs et de charmilles plus ou moins épaisses.

Aussi prompt que la pensée, M. Mabille sortit à l'aurore, et en marchant tout le long... le long de la rivière, il arriva à la place de la Concorde... Quand il fut en face de la Chambre des Députés...

Voilà ! s'écria-t-il, en frappant de nouveau ses protubérances occipitales, voilà le rendez-vous de fameux... députés, et je veux contribuer à les faire sauter.

Cette idée, qui ne faisait que traverser son cerveau comme un éclair, fut celle qui lui parut la superlative... Les premières inspirations sont toujours les meilleures,

Nous l'allons montrer tout-à-l'heure,

et M. Mabille se dirigea immédiatement vers les Champs-Élysées...

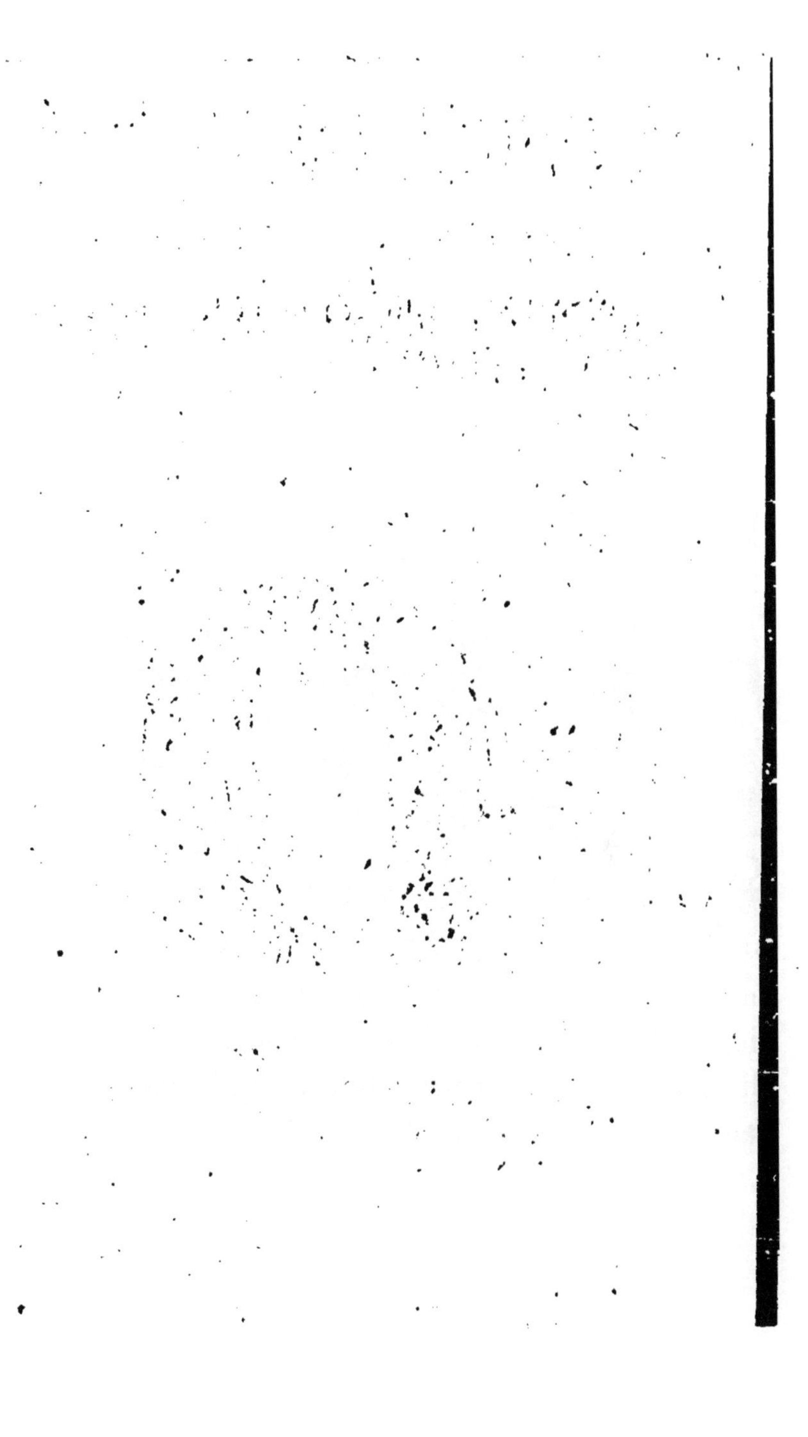

L'ALLÉE DES VEUVES.

ependant, après les avoir parcourus en plusieurs sens, il allait franchir le rond-point, lorsqu'en levant la tête, il vit, incrusté sur le mur d'une maison : *Allée des Veuves* ! Jamais lieu ne fut plus propice à l'établissement que dirigeait notre voyageur... Il le comprit parfaitement ; car, longeant les murailles sur lesque M. Mabille se serait désespéré. — Non plus que saint Jean, qui prêchait dans le désert, M. Mabille ne s'inquiéta pas de cette solitude, il laissa quelque temps les violons endormir les échos d'alentour et le cornet à piston réveiller les moineaux perchés sur les arbres des Champs-Elysées. Couvert d'un modeste paletot de castorine, M. Mabille vola à la gloire et à la fortune à cheval sur les cent trompettes de la renommée, ou, pour parler un français plus à la portée de toutes les capacités, il fit tirer un millier d'affiches dans lesquelles il exaltait les trois violons, la clarinette et le cornet à piston, sans oublier, toutefois, de chanter les louanges de son pot de basilic.

Le mois de mai, le joli mois de mai, mois des roses et des lilas, comme dit Desmahis; le joli mois de mai, l'un des quatre mois pernicieux pour les huîtres, comme dit Brillat-Savarin, venait à peine de verdir sa première feuille, qu'on vit sur une affiche d'une supeibe dimension et placardée sur tous les murs de Paris :

OUVERTURE DU JARDIN MABILLE
ALLEE DES VEUVES.

M. Mabille comprit parfaitement que le nom de *l'Allée des Veuves* lui permettait quelques licences par le temps de scepticisme qui court ; on rencontre peu d'Arthémises, encore moins de veuves du Malabar. Les conjoints désunis ont besoin de distractions; il se mit donc à divertir cette partie de la population, une des plus intéressantes, sans contredit, qui, pour la plupart du temps, ont besoin d'étourdir leur éternel veuvage. — Les portes furent ouvertes sous cette bienfaisante inspiration, et le quartier Notre-Dame-de-Lorette put dès-lors se livrer à toutes les joies du chagrin, aux espérances de la consolation, les dimanches, lundis, jeudis et samedis, un jour de plus que dans la rue Saint-Honoré.

Le jardin Mabille devint en peu de temps

une succursale des fêtes de l'Opéra qu'il continuait agréablement;

il réunissait toutes les jouissances qu'on peut trouver avec de l'argent. Le pot de basilic fit place à des massifs de lilas qui voulurent bien protéger de leurs mystérieux ombrages les danses les plus furibondes, et dès lors M. Mabille put inscrire sur la porte de cet Eldorado :

Par les mœurs, le bon goût, modestement il brille,

Pour le second vers, il l'abandonna aux entreprises timorées qui ne croient jamais réunir trop de public, et qui ne se contentent pas d'avoir la mère, mais veulent encore posséder la fille. Aux distractions du corps et de l'esprit devaient nécessairement se joindre les exigeances de l'estomac; en homme habitué à servir tous les besoins de l'époque, M. Mabille fit dresser la nappe, alluma ses fourneaux.

On ne sait pas de quelle importance peuvent être un pâté et une bouteille de Morizet, bien placés dans une conversation ; l'estomac est bien près du cœur, et, de tout temps, les bons repas ont fait les bons amis.

En effet, quoi de plus réjouissant que l'aspect d'une table bien servie ! comme cela vous dilate le cœur, vous allume le regard et vous délie la langue ; comme, après un bal, les jambes se reposent agréablement, quand la mâchoire fonctionne.

M. Mabille le sait bien, il connaît le cœur humain en général, et l'estomac de son public en particulier; les contredanses eurent des entr'actes, et les heureux couples, fatigués par une valse trop sentie, ou par une polka trop active, purent reprendre de nouvelles forces le verre à la main et la fourchette au poing.

LA REINE POMARÉ.

uelle est cette jeune femme, au teint vif, au regard fier et à la démarche gracieuse, qui bondit comme une folle et rit aux éclats aussitôt que l'archet donne le signal. Cent jeunes gens se disputent sa main..... Nouvelle Hélène, quel est le moderne Pâris qui va t'enlever?

Cette jeune et gracieuse femme, c'est Rosita!... *Rosita* .. ou *l'enfant du mystère*...

comme aurait dit feu Ducray-Dumesnil. Ceux qui la voient insoucieuse et gaie ne savent peut-être pas que bien souvent de grosses larmes se sont échappées de ses yeux, et que plus d'une fois elle a maudit l'instant où elle a vu le jour.

Vous avez dû vous douter, en voyant sa mine dédaigneuse, que du sang noble et aristocrate coulait dans ses veines ; et vous avez eu raison. — Rosita est la fille d'une grande dame, ou de quelqu'un qui aurait pu le devenir !

Il y avait autrefois dans le faubourg Saint-Germain, une jeune fille habitant un hôtel de la rue Grenelle... Vis-à-vis des croisées de l'appartement de la gentille Isaure de M*** étaient celles d'un jeune artiste... Chaque matin, lorsque Isaure soulevait sa verte jalousie..., son voisin était déjà appuyé contre sa fenêtre, le regard tourné vers la chambre de celle qu'il aimait !

Isaure ne fit point attention, dans les premiers jours, à cette longue figure dont l'œil bleu avait quelque chose d'attractif et de puissant... mais..., il n'est pas de femme au monde qui résiste à une persévérance à toute épreuve.

Bientôt Isaure, sans savoir pourquoi, levait les yeux vers la demeure de son voisin..., et, peu à peu, ce n'était plus le hasard, mais sa volonté seule qui l'entraînait, chaque matin, et à la même heure, à la même place.

Deux mois s'étaient passés en correspondance télégraphique. Tantôt Alfred de V***, en offrant une rose, envoyait un baiser auquel Isaure répondait en souriant; tantôt c'était une lettre qu'on voulait faire parvenir, et pour laquelle on demandait une réponse...

Enfin, l'amour qui rend timide peut aussi donner parfois du courage..., et un jour que la jeune Isaure sortait de l'hôtel, accompagnée d'une femme de chambre, Alfred trouva le moyen de glisser sa première missive...

On ne répondit pas d'abord; mais, au lieu de paraître à la croisée le matin seulement, Isaure y était à midi, et le soir encore...

Il advint qu'un soir ... vers neuf heures..., dans une des sombres allées du jardin de l'hôtel de la rue Grenelle... Alfred attendait avec anxiété celle qui lui avait dit la veille... espérez...

Pour arriver près de celle qu'il adorait, l'amant franchissait tous les soirs le mur qui séparait la cour de la maison qu'il habitait de celle de sa bien-aimée.

Jours de bonheur, vous passez vite !.. plaisirs si doux, pourquoi coûtez-vous tant de pleurs ?..

Un an s'était écoulé dans la plus douce ivresse, quand un jour Isaure sentit qu'elle allait devenir mère !... Comment cacher cette faute aux yeux de toute sa famille !.. Alors le désespoir le plus affreux s'empara de la jeune fille !

Alfred, en amant résolu et dévoué, proposa de fuir, et la pauvre enfant, inquiète et éperdue, suivit le conseil de celui qu'elle aimait de toute son âme.

Le lendemain soir, un orage affreux venait d'éclater... La rue de Grenelle était sombre et déserte... Il était minuit... La porte de l'hôtel qu'habitait Isaure s'ouvrit doucement; et Alfred, pressant la main de la jeune fille, la conduisit à une voiture qui les attendait à quelques pas...

On partit... la voiture marcha toute la nuit, et le lendemain à huit heures du matin, elle s'arrêta devant la porte d'une petite maison assez gentille, dans le bourg de Saint-Mesmin, situé près de la ville d'Orléans.

Pendant plus de dix-huit mois, les deux fugitifs échappèrent à toutes les recherches de la famille de la jeune personne... Et la jolie petite fille qu'avait eue Isaure semblait faire oublier à sa mère le chagrin qu'elle-même devait causer à son père.

Alfred parut aussi être le plus heureux des hommes pendant quelque temps; mais tout-à-coup Isaure s'aperçut d'une tristesse dont elle ne pouvait pas s'expliquer le motif. Elle l'interrogea en vain, et ses réponses, toujours évasives et entrecoupées, préoccupaient vivement celle qu'il avait juré de toujours aimer.

Mais les hommes, comme le dit *Mlle Flore des Variétés*, sont vraiment *des pas grand-choses*.

Alfred sentait que le plus cruel ennemi de l'amour s'emparait de lui. Cette passion si vive qu'il avait ressentie autrefois s'était peu à peu affaiblie;... l'amitié l'avait remplacée, mais ce sentiment, dans un cœur qui fut amoureux, n'est que de l'indifférence, et l'indifférence fait naître l'ennui!...

Le hasard sembla vouloir servir ses projets.

Un jour, il reçut une lettre de Marseille: sa mère lui écrivait, elle voulait le revoir!...

Comment faire cet aveu à Isaure; il le fallut cependant... Ce furent des pleurs, des terreurs et des inquiétudes! Alfred chercha à calmer celle qu'il devait bientôt rejoindre, et il partit, après avoir à peine embrassé son enfant.

Deux mois s'étaient passés... et Isaure n'avait reçu qu'une lettre! Une lettre! « Autre-

» fois, disait-elle, il m'en écrivait deux par » jour ! »

Bientôt la pauvre jeune femme, en proie aux plus vifs regrets, tomba sérieusement malade... et au bout d'un mois ou deux de souffrances aiguës... elle succomba à la douleur d'avoir perdu pour toujours celui qu'elle avait tant aimé... Elle mourut sans le maudire !... et son dernier soupir s'envola avec une pensée d'amour pour lui !...

Rosita demeura orpheline... Une bonne femme, qui avait été au service d'Isaure, ne chercha point à découvrir la famille de la petite fille. Avec ce bon cœur que vous connaissez au peuple, elle adopta la pauvre enfant, et revint à Paris, emportant seulement le berceau où était couchée la fille d'Alfred de V***.

Rosita grandissait, et à six ans elle faisait l'admiration de toutes les portières de la rue du *Cherche-Midi*, où logeait sa mère adoptive... On retrouvait chez elle cette vivacité et cette bonté de cœur qu'avait sa mère... Le cœur ! c'était par là aussi que Rosita devait succomber...

La pauvre femme qui avait élevé l'orpheline cessa d'exister, et la jeune fille se trouva, à seize ans, libre, abandonnée, avec des yeux ravissans, et un cœur à donner !... Elle était seule au monde, et cet isolement, pendant deux ans, lui fit souvent verser des pleurs ! Vivant au jour le jour, et souvent de privations, elle cherchait une âme à laquelle elle pût se confier...

Nous devons dire qu'elle a fini par en trouver plusieurs, et que Rosita, depuis cette époque, a été beaucoup aimée... Tantôt au milieu d'une aisance qui touche à la prodigalité, vous la voyez nonchalemment étendue dans un équipage qui l'entraine au bois de Boulogne, et elle descend de son coupé pour rentrer dans un appartement somptueux et confortable. Tantôt le Pactole ne roulant plus son sable doré dans ses pénates, elle devient aussi philosophe qu'elle fut oublieuse du passé et de l'avenir, et reprenant ses socques et son parapluie, elle court les rues avec cette démarche toujours fière et hautaine qu'elle avait au jour de sa gloire pécuniaire.

Mais, comme nous l'avons dit tout-à-l'heure, c'est au bal où chacun l'admire... c'est au bal, où un cercle de lions à gants jaunes entoure le quadrille où elle doit figurer... C'est qu'en effet jamais femme n'a eu un aussi joli petit pied; jamais danseuse espagnole n'a déployé plus de souplesse et de volupté... Et je dois vous citer à ce propos des vers que j'ai vu improviser sur cette charmante souveraine de Mabille :

Sous le riche ciel d'Italie,
Où tout soupire un mot d'amour!
Dans cette enivrante patrie,
Rosita, tu reçus le jour!
Là, chaque femme est délirante,
Et de l'azur qui brille aux cieux
S'échappe une flamme brûlante
Qui scintille dans tes beaux yeux!

Ce fut ce même soir, à l'époque où l'affaire de Taïti avait le plus de retentissement, que la jeune femme, s'élançant au milieu d'un quadrille avec cette légèreté et cette ondulation de taille que vous lui connaissez, fut surnommée *Reine Pomaré.* Une voix, partie du groupe des spectateurs, fit descendre une couronne sur la tête de Rosita.

Et depuis ce jour, la fille de la jeune comtesse de W***, que tout Paris a connue, et de Alfred de V***, fut élue, à l'unanimité, reine du royaume Mabille...

Mais il fallait trouver un roi à la reine Pomaré?..

LE ROI POMARÉ.

cette reine née du hasard et de la vogue, il fallait un roi dans les mêmes conditions. Une polka suffit pour fixer le choix de la multitude qui ne demandait qu'à se prononcer. Elevé au sein des plus saines doctrines, le bouillant jeune homme cherchait un moyen de développer les talens dont la nature l'avait doté et que l'éducation n'avait pas manqué de faire germer.

Sa tête brûlait, ses jambes frétillaient; mais il fallait une occasion de mettre au jour toutes ces brillantes qualités, lorsque la polka surgit tout à coup du cerveau fortement cerclé de M. Cellarius. L'occasion était belle pour notre adepte, *nourri dans le sérail*, il en connaissait tous les entrechats et les pirouettes. Dans l'espace de deux jours, la danse cellarienne n'avait plus de mystères pour lui. Fier de ce fleuron dont il voulait faire sa couronne, il se présenta à l'Allée des Veuves, la polka dans les jambes et son projet dans la tête. Ce jour-là son épaisse et brune toison était moins négligée que de coutume, son œil luisait d'un air vainqueur, et, pour cette circonstance décisive, il avait consenti à emprisonner ses mains dans des gants beurre frais.

Tout à coup l'archet résonne. — C'est la polka! D'un bond, *le jeune homme*, comme le nommerait M. Alexandre Dumas, est auprès de la reine Pomaré. — Il fallait les voir tous deux, variant les poses, arrondissant les bras, se tortillant de la façon

la plus joliment drôle. Ils firent si bien des yeux et des jambes, qu'un cercle de bravos s'établit autour d'eux, et qu'une pluie de fleurs et de bouquets couronna ces deux princes de la danse, qui, d'un seul coup de jarret, venaient d'enfoncer Cellarius, le grand Cellarius!!!

Le jeune roi Pomaré fut à tout jamais, c'est-à-dire pour la saison, sacré roi des bocages de Mabille; mais le conquérant, en posant la couronne sur son front, n'avait pu sauver son cœur (style Florian). Les grands yeux noirs de la souveraine avaient battu en brèche cette place très peu fortifiée, le roi redevint donc, pour un moment, simple citoyen; il eut de l'esprit comme un prolétaire, il avait l'expérience du *saut périlleux* qu'il avait déjà pratiqué sur les planches des Folies-Dramatiques. Il sortit donc ce petit chef-d'œuvre des cartons de son intelligence; ce jour-là, il était en voie de prospérité, et le soir... on vit partir les deux majestés, bras dessus, bras dessous, gagner les hauteurs des Champs-Elysées, se jeter dans une modeste citadine.... Et.... le lendemain, ils reparaissaient ensemble, dansaient ensemble, étaient applaudis ensemble.... polkant avec verve... avec amour !!!

LA COUR DU ROI POMARÉ.

'est une vérité généralement reconnue, tout grand seigneur a des valets, *tout marquis veut avoir des pages*, pourquoi donc le roi et la reine Pomaré n'auraient-ils pas une cour. — Il est vrai que les courtisans se mesurent à l'aune du monarque, et les dames d'honneur sont dignes en tout point de la reine aux yeux noirs. — En roi débonnaire, notre polkiste se laisse volontiers approcher, coudoyer, tutoyer même par les lions barbus et chevelus du jardin Mabille. Il n'a pour lois que le plaisir, ce qui fait qu'elles ne sont point transgressées; on danse, et le roi est content; on valse, il est ravi; on polke, il est aux anges. Nul ne songe à lui enlever son sceptre, *Mercure*, *Mercure* lui-même, qui, un moment avait eu la vogue, s'est rangé sous sa bannière, fier de son divin nom conquis à la pointe d'une valse.

Les courtisanes du jardin Mabille, je veux dire les jolies femmes qui suivent la reine Pomaré, ne cherchent à lui disputer que l'empire de la beauté. Aussi compte-t-on aux premiers rangs, — Sophie la Bavarde, Louise Guipure, ainsi nommée, non parce qu'elle aurait pu inventer les dentelles, mais parce qu'elle a trouvé le moyen d'utiliser ce léger vêtement, et que de l'accessoire elle en fait le principal; Clara Fontaine, la petite Lucile, la grande Salomé, quelques artistes des Folies-Dramatiques, la belle Arsène Chaumont, Pauline Fleury, qui l'est moins que son teint, et une foule d'autres desservantes de Vénus, habitant plus ou moins Bréda-Street.

Autour de ces ravissantes dames, dites d'honneur, un essaim d'*honorables* vient bourdonner, et tente, auprès de ces Danaés modernes, le procédé toujours bon, quoique un peu vieux, de la pluie d'or. — Il est encore vrai que par le temps et les innovations qui courent, c'est le plus souvent une pluie Ruoltz. — Quelques membres de la haute

chambre ne dédaignent pas non plus de venir faire miroiter leurs blasons, mi-partie or et argent, devant ces pauvres allouettes qui se laissent souvent prendre par le chasseur qui monte derrière la voiture. — Le cœur n'y est pour rien, et, bien que douillettement roulées dans un coupé soyeux, elles rêvent au beau danseur qui a tout pour plaire, tout..... moins l'équipage.

COMMENT ON FAIT L'AMOUR A MABILLE.

ci s'agite une grave question que nous allons nous efforcer de résoudre autant que faire se pourra. L'amour, dit Champfort, *est le change de deux fantaisies et le contact de deux épidermes.* Ceci pourra suffire, au besoin, pour répondre à la question qui nous occupe.

Mais nous sommes en plein jardin Mabille, ne l'oublions pas.

D. Comment fait-on l'amour à Mabille?

R. Comme partout.

Cette réponse, qui au premier moment a toute l'apparence d'une vérité exacte, n'est qu'une grossière généralité à l'égard des hôtes de l'Eldorado Mabille. Dans le siècle d'escompteur où nous avons le bonheur de vivre, tout le monde, il est vrai, peut, au moyen de la clé d'or, se faire ouvrir bien des portes d'alcôves; mais l'amour, qui se livre au plus offrant et dernier enchérisseur, se donne plus souvent encore; et cela par l'effet d'un caprice, d'une fantaisie. Les billets qui sont admis ne sont que des billets de caisse, ou des lettres du plus brûlant amour. Rotschild et Werther sont égaux devant une jolie femme; ils arrivent au même but par des chemins différens, voilà tout.

Il est vrai que M. Mabille, le dieu de ce séjour, a semé son paradis de détails bien enivrans, dont le restaurant est sans contredit le plus attrayant. La vertu, qui chancelle dans le chemin âpre et raboteux du devoir, résiste rarement à cet entraînement, et l'esprit tentateur est là qui vous enserre dans les pattes d'un homard cuit au court bouillon, une bouteille de Morizet frappée d'une main, un cigarre pur Havane de l'autre.

Courte et bonne: voilà la vie des habitués du jardin Mabille. Il ne s'agit donc pas de perdre en paroles un temps précieux que l'on peut donner à l'action. — La conversation commencée dans un quadrille, se noue sous un bosquet de lilas, se consolide dans un cabinet de la maison d'Or, et vient mourir à la lueur du gaz le jeudi suivant. Une pirouette vous lie, une pirouette vous délie; on ne connaît ainsi de l'amour que les voluptés; les chagrins sont écartés avec soin, la vie passe, pour ces jeunes filles, comme un beau jour de printemps; elles s'empressent de cueillir des fleurs tant que doit durer la saison des fleurs. Insoucieuses de l'hiver, qui ne doit leur apporter que de nouveaux plaisirs, et cela tant qu'il y aura des jolies filles, des fleurs, de la

verdure, des joies enivrantes, et des cabinets particuliers à la Maison Dorée, ou au café Anglais.

C'est en effet ces deux palais dédiés à l'art culinaire que les habitués de l'Allée des Veuves ont adoptés avec ce goût particulier qui les distingue. Notre double qualité d'historiens et de penseurs nous faisait donc un

devoir de suivre jusqu'au bout les gracieux couples que nous avions déjà vus faisant dos à dos. Pleinement satisfaits des résultats de nos observations, nous allions nous retirer modestement, comme de bons et paisibles bourgeois, lorsqu'un chant, parti en chœur d'un petit salon contre lequel nous étions adossés, nous apporta le refrain passablement trivial de la ronde des *Bohémiens de Paris.*

Cette ronde, renfermant tout l'historique du jardin Mabille, nous nous sommes empressés de la copier, et nous la donnons sans altérer la pureté de la versification qui ne le cède en rien à la riche couleur des situations.

RONDE DE MABILLE.

Allons chez Mabille,
Charmant et gracieux séjour,
Tout, dans cet asile,
Fuit sur les ailes de l'amour!
La beauté facile
De gaîté pare le destin,
Et le temps qui file
Laisse des fleurs sur son chemin.

Allons chez Mabille,
Charmant et gracieux séjour,
Là, le plaisir file
Sur les deux ailes de l'amour!
Allons chez Mabille,
Car le plaisir file
Dans ce doux asile,
Aux soupirs des amours,
Oui des amours;
Mabille est le *père aux amours!*

Bégueule morale,
Adieu, ton règne est enfoncé;
Arrière et détale,
De rire, ici, l'on est pressé!
La femme sensible,
Qui, le soir, nous fait les doux yeux,
Veut, s'il est possible,
Prendre un amant et même deux.

Allons, etc.

De chaque danseuse,
Le noble titre est avéré,
La fashion, nombreuse,
Y voit la reine Pomaré!
De cette *sultane*
Le règne durera toujours;
Car lorsqu'elle *flâne*,
Sur ses pas naissent les amours.

Allons, etc.

Mabille, ô grand homme!
A toi nos cœurs et nos deux francs,

Et toi qu'on renomme
Parmi les êtres les plus *francs*!
D'après ton affiche,
Tu donnes valses et polka;
Mais on peut dire... fiche,
Que tu donnes bien plus que ça!

Allons, etc.

Le lion roucoule,
Sous son long crin chicocandard
Toujours, dans la foule,
On lui lance un tendre regard.
Mabille a la pomme;
Mais nous devons en convenir,
Ce Pâris, qu'on renomme,
A mille Vénus peut l'offrir.

Allons, etc.

LE JUIF ERRANT.

armi les habitués du jardin Mabille, au milieu de la foule compacte de jeunes gens de tous rangs et de toutes conditions, parmi tous ces employés des ministères, de la finance et de la justice, n'avez-vous pas rencontré un jeune homme grand et blême, à l'œil noir caché sous d'épais sourcils, et qui souvent parle à Louise la blonde, et se promène toujours avec Sophie la bavarde, sous le bras.

Vous avez dû le remarquer, mais jamais à

la même place Tantôt vous l'apercevez près du café, se perdant dans un nuage de fumée produit par un cigarre qui ne s'éteint jamais, et qui, depuis la nouvelle loi, absorbe tous ses capitaux; tantôt sa tête vous apparaît derrière un bosquet; un instant après, il est au milieu des danseurs et gesticule tellement

que la place est vide à un mètre autour de lui. — Cet homme, dont la mise et le chapeau gris rappellent des temps plus heureux, est le *Juif-Errant*, le véritable Juif-Errant!! le même qui a été à Bruxelles en Brabant en 1812. C'est l'Ahasvérus de chez M. Mabille, et, voulez-vous savoir comment son incognito a été trahi?

Jamais il n'a payé le plus petit verre de kirch à ses camarades. Quand on lui en fait le reproche, il tire de sa poche une pièce de cinq sols qu'il montre à tous ses compagnons de folie..., de cette manière, il vit aux dépens de celui qui l'écoute... La fatale pièce, qui est tout son avoir et qui le met dans l'impossibilité de monter en omnibus, a mis sur la trace de sa véritable individualité.

Du reste, doué d'une force herculéenne, il a cette assurance que donne la conscience d'un bras vigoureux, et bien certainement, je pense que c'est bien là le héros qu'a rêvé M. Eugène Sue pour dompter sa petite ménagerie.

Mais notre Ahasvérus ne dompte que les cruelles. Cet homme mystérieux, dont l'univers connaît les moyens d'existence, exercé un empire absolu sur toutes les houris de l'Allée des Veuves; et, si quelque rixe, quelques difficultés s'élèvent entre elles, aussitôt le Juif-Errant pivote sur lui-même, juge, prononce, et tout rentre dans l'ordre, et le quadrille recommence ses bonds; avec lui la justice est expéditive, elle marche, marche, marche.

Mais, où va-t-il?... Depuis bientôt trois mois, il jouissait d'un peu de repos, lorsque le quinze juin est arrivé; le quinze juin, époque fatale où le *Constitutionnel* a ouvert ses

colonnes à cette redoutable concurrence qu'on nomme le Juif-Errant, et qui menace, aussi lui, de marcher jusqu'à la fin des siècles. — Reprenant donc son bâton blanc, chaussant de nouveau ses escarpins à doubles semelles, il a repris sa course à cheval sur un feuilleton, et Dieu seul peut savoir quand il pourra s'arrêter.

Et pourtant nous pouvons affirmer qu'il était question de grandes fiançailles. — Le Juif-Errant courait le monde pour rencontrer une épouse ; elle était trouvée, mais...

Est-il rien sur la terre
Qui soit plus surprenant
Que la grande misère
Du pauvre Juif-Errant.

M. Eugène Sue n'a pas donné son consentement; il s'est mis *lui-même* à la recherche de ses proches, et il a si bien brouillé ses papiers de famille, que l'infortuné se voit forcé et contraint de recommencer son interminable tournée.

M. MABILLE SUR SES VIEUX JOURS.

e vous l'avouerai franchement, mes opinions humanitaires sont d'une certaine profondeur. J'ai à ce sujet pas mal lu de brochures, encore plus de volumes, et de toutes ces lectures, il est résulté que je suis un peu comme M. Jourdain, humanitaire sans le savoir.

Quels sont les hommes les plus utiles?

Ce sont, selon moi, ceux qui peuvent faire descendre le plus gaîment le fleuve de la vie. — Ceux-là ont des droits incontestables à la reconnaissance publique; car tous les efforts de l'homme tendent à se procurer dans ce monde le plus d'agrémens possible.

L'auteur ne travaille que pour la gloire!

La gloire flatte son amour-propre, ce qui est une grande satisfaction pour lui.

L'argent est-il le but qu'il veut atteindre (et malheureusement aujourd'hui c'est le mobile le plus puissant); ce résultat qu'il désire, c'est encore pour donner à son existence toutes les jouissances que procure cette rosée bienfaisante qu'on appelle la pluie d'or.

L'homme de finances fait-il de vastes opérations? c'est qu'elles doivent augmenter son trésor et satisfaire ainsi aux caprices qui flattent ses goûts.

Et la philanthropie, me dira-t-on?

Hélas! hélas! l'égoïsme du jour l'a depuis bien long-temps étouffée.

Mais, assez de réflexions philosophiques qui ne conduiraient qu'à des utopies plus ou moins extravagantes.

Quittons les nuages et revenons sur la terre, sur cette île d'amour que, d'un coup de sa baguette enchanteresse, M. Mabille peupla d'Eucharis et de Calypso. (Ne pas confondre avec celles de l'Opéra.)

Tous les jours, passant dans les Champs-Elysées, l'autorité, qui se promène beaucoup. en voyant les lampions étincelans du jardin Mabille, en entendant le son des instrumens auxquels se mêlent les éclats de rire de la plus franche gaîté, l'autorité, dis-je, a dû penser qu'elle devait voter, au chef de cet établissement *philantropique* (c'est le mot) non-seulement des remercîmens pour la manière dont il savait distraire ses administrés; mais encore une récompense qui, aux yeux de tout Paris, prouvât combien dans ce siècle la justice est à l'ordre du jour...

Il y a eu à ce sujet de grandes conférences; on a cherché pendant bien long-temps. On a parlé de titres, de places et d'honneurs. Un moment on a songé que M. Mabille, qui avait vu chez lui beaucoup de gens haut placés,

pourrait faire un député sortable; mais M. Mabille a eu trop de *sens* pour accepter, et il aime mieux encore le *jardin* que la *chambre*, — sans aucune application politique.

On a pensé au prix Monthyon :

Plus que personne, il l'aurait mérité peut-être ; car, plus que personne, il a aidé à l'union et à la bonne et cordiale entente.

Mais le prix Monthyon n'est qu'un prix de vertu, et de vertu relative encore ; il fallait à notre candidat une démonstration plus générale.

Plus tard, un banquier influent du faubourg Saint-Honoré, avait pensé que cet homme, qui était pour toutes les jeunes et jolies veuves qui se rendent à l'allée de ce nom, une providence, un père..., pourrait faire un excellent maire...; mais le premier arrondissement ne pouvait lui convenir... On a songé alors à lui présenter le *treizième*, comme plus identique à sa position joviale. Le treizième, en effet, est de tous les arrondissemens, le plus couru, le plus habité, qui demande des capacités plus étendues, et surtout plus variées.

Le treizième arrondissement, à lui seul, résume les douze autres.

Cette fois, notre Cincinnatus a encore répondu par un refus. Alors, il faut bien le dire, on s'est trouvé fort embarrassé; un homme qui refuse tout... est aujourd'hui rare!.. Alors un des plus sensés de l'assemblée a émis cette idée qui a réuni l'unanimité des suftrages. Du haut de la tribune, il s'est écrié, avec cet enthousiasme qui anime toujours les grands cœurs et les barytons :

« Messieurs, j'éprouve le pressant besoin...

— Sortez... sortez..., s'est-on récrié de toutes parts. — Non, reprit-il avec une verve improvisée dans le sujet même, j'éprouve le pressant besoin de vous dire que, puisque cet homme refuse tout ce qu'on lui offre..., il faut lui demander ce qu'il désire. »

Cette phrase, aussi claire que sage, produisit un effet électrique. Tout le monde se leva comme un seul homme, on battit des mains, et la proposition fut acceptée à l'unanimité..

Le lendemain, une assemblée des *notables* du quartier (où par parenthèse on n'en compte pas mal) s'est rendue chez M. Mabille.

Le propriétaire de l'établissement faisait

préparer pour le soir les becs de gaz, et, le plumeau à la main, époussetait le feuillage de ses charmilles.

— Monsieur, dit alors d'une voix émue le

plus âgé de la troupe. — Monsieur ..

— Vous vous répétez, répondit M. Mabille.

L'interlocuteur reprit sans se troubler :

— L'homme qui, dans sa vie, n'a fait que du bien à ses semblables doit tôt ou tard en recevoir la récompense ; lisez Berquin et M. Bouilly, ces deux amis des enfans et de la morale.

M. Mabille fit une profonde révérence ; le plus âgé de la troupe reprit, en plaçant une main sur son cœur :

— Oui, Monsieur, je ne crains pas de vous assimiler à ces deux écrivains qui se sont occupés de l'éducation de l'enfance, éducation pratique dont vous avez la si heureuse continuation.

M. Mabille s'inclina de nouveau ; le plus âgé de la troupe reprit, toujours de plus en plus ému, et la main sur le troisième bouton de son gilet :

« Plus qu'à personne, Monsieur, la population parisienne vous doit des remercimens. La plus belle moitié du genre humain, surtout, doit vous porter dans son cœur... Chez vous elle a toujours été reçue avec urbanité et avec le plus vif *désintéressement.* Chez vous, elle a toujours trouvé une main prête à guider ses pas, un cœur prêt à le recevoir.

» De plus, le gouvernement!.. Que ne vous doit pas le gouvernement, Monsieur?... Quel est l'ennemi le plus dangereux pour l'ordre de chose établi?... C'est l'oisiveté... qui passe sa vie dans ses pantoufles... l'oisiveté... qui fume de cigarres, qui s'étend mollement sur son divan, et qui occupe tous ses loisirs à fumer et à penser à mal.

» L'oisiveté, a dit un savant penseur, est *la mère de tous les vices*; et, je vous le demande un peu, qu'est-ce qui mène le plus à l'oisiveté, si ce n'est l'inaction? — Quand les jambes se reposent, la tête travaille, tandis que, au contraire, quand les jambes s'exercent, la tête se repose; ceci est vrai comme une règle d'arithmétique.

» Vous avez compris cette haute question gouvernementale, et grâce à vous, le jeune homme inoccupé ne se vautrera plus sur son divan pour fumer des cigarres, il ne restera plus les pieds dans ses pantoufles; grâce

à vous, chaque soir la jeunesse turbulente, polkante et inconstante, aidée de la mesure irréprochable de votre orchestre, saura, en occupant son esprit, donner une salutaire occupation à ses jambes... Avec de tels moyens, on garantit la paix à toujours, et c'est en faisant danser qu'on évite les révolutions...

» Et pour de si grands services rendus, Monsieur, vous refusez toutes les offres qui vous sont faites au nom de vos concitoyens. Que voulez-vous donc demander à la patrie... reconnaissante?

» -- La patrie!.. la patrie!.. répondit alors M. Mabille, en déposant son plumeau, la patrie!.. Ce nom réveille en moi un désir que j'ai longtemps formé, et que les intrigues m'ont toujours empêché de réaliser.

» Messieurs, non loin des boulevards, il est un temple charmant et coquet où les jeunes filles que je fais danser le soir vont chanter le jour... Eh bien, Messieurs, quand, fatigués des grandeurs et des prospérités de la *masurka*, que je vous offrirai l'année prochaine, je voudrai vivre encore au sein... de mes anciens souvenirs... je vous demande...

» — Quoi donc, reprirent tous les notables, le sourire sur les lèvres.

— » Une place de marguillier à Notre-Dame-de-Lorette. »

M. Mabille est donc le prochain candidat offert à la fabrique du mystique boudoir de la rue Laffitte. — Notre-Dame-de-Lorette ne peut lui refuser une place dans son chœur.

POST-FACE.

Tout s'enfuit ici bas!... et l'archet de Mabille
S'arrête quand la rose a cessé de fleurir!
Et quand un ciel brumeux, enveloppant la ville,
Annonce que l'hiver, hélas! va revenir.

C'est ainsi que tout passe et finit dans ce monde,
Tout échappe à nos vœux, espérance et plaisir,
Plus de fleurs, de beau ciel, *sur la machine ronde*,
Si le printemps, lui seul, ne vient nous les offrir!

Octobre nous montrant sa robe jaunissante,
Va répandre le deuil dans tous les cœurs joyeux;
Adieu, vive polka!... que l'on trouve charmante,
Lorsque l'on peut *polker* avec deux jolis yeux.

Ce bonheur va finir... car le destin l'ordonne,
Le destin !... *ce grand maigre*... est parfois peu galant!
« Allons, de la retraite, a-t-il dit, l'heure sonne,
» Mabille va dormir... Allez en faire autant! »

Mais Mabille, à ces mots, a senti que la flamme
Qui brûle tous les cœurs qui se rendent chez lui...
Avait avec orgueil ranimé dans son âme,
Le désir de briller, *demain* comme *aujourd'hui* !

« M'endormir pour six mois! comme fait la marmotte, »
A-t-il dit en frappant *son vaste cervelet* !
« Non, non, à l'Opéra je réserve une botte
» Dont mourront de douleur Stoltz et Léon Pillet!

» Je veux vivre toujours... l'été... l'hiver encore,
» Dans les faubourgs d'Antin, je porte mes drapeaux;
» Véritable *frrrrançais*... la couleur que j'honore
» Va me faire enfanter des prodiges nouveaux ! »

Alors il s'est levé... vers la barrière Blanche
Il a porté ses pas... et d'un nouveau séjour
Déjà coquettement la coupole se penche
Sur quatre points d'appui, *faits en aile d'amour* !

« Rassurez-vous, enfans, ici bravant la neige,
» Vous pourrez, a-t-il dit, recommencer vos jeux;

» Je veux incessamment que votre gai cortége
» Exécute, chez moi, des pas voluptueux. »

Mabille a bien pensé !... Les piquantes *lorettes*
Ont toutes délogé du quartier dit Bréda...
Et la barrière *Blanche* en fera des *blanchettes*,
Comme on en fait des *rats* au royal Opéra.

Le *Chameau* est l'ami de l'Homme

www.ingramcontent.com/pod-product-compliance
Ingram Content Group UK Ltd.
Pitfield, Milton Keynes, MK11 3LW, UK
UKHW020205200726
13856UKWH00003B/1202

9 782011 911209